La deuxième nuit

Nadja

La deuxième nuit

Neuf

l'école des loisirs

11, rue de Sèvres, Paris 6ᵉ

© 2001, l'école des loisirs, Paris
Loi n° 49.956 du 16 juillet 1949 sur les publications
destinées à la jeunesse : septembre 2001
Dépôt légal : septembre 2001
Imprimé en France par Bussière Camedan Imprimeries
à Saint-Amand-Montrond
N° d'impression : 013435/1. N° d'édition : 3665.

Du même auteur à *l'école des loisirs*

Collection MOUCHE

Dryade
Mais qu'est-ce qu'il a Momo ?
Momo fait de la photo
Momo ouvre un magasin

CHAPITRE I

*A*SSISE par terre en lotus, sur un coussin, Margot dessinait.

Elle fit brusquement une boulette avec la feuille de papier et la lança avec rage à travers la pièce.

— Mais pourquoi j'y arrive pas!

Elle avait fait un rêve la nuit d'avant: elle marchait dans une forêt, attirée par une force mystérieuse, elle savait que derrière les arbres, quelque chose l'attendait. Par le dessin, Margot tentait de retrouver l'impression étrange qu'elle avait ressentie… mais ça ne marchait pas. Sa main refusait d'obéir à son esprit.

Découragée, elle posa son carnet et laissa ses pensées dériver, le regard vague.

Depuis un moment, elle se laissait facilement envahir par une tristesse sourde, incompréhensible. Pourtant, elle se souvenait d'avoir été autrefois une petite fille plutôt gaie, joueuse. Maintenant, elle traînait derrière elle un énorme poids, un boulet qui l'empêchait de tout faire.

Elle était toujours trop sérieuse. Quand elle riait avec les autres, cela sonnait faux à ses oreilles, et cela devait sonner aussi faux aux oreilles des autres.

Elle s'y prenait mal pour exprimer ses sentiments. Les autres filles racontaient leurs problèmes, en discutaient, c'était excitant, il se passait plein de choses dans leur vie. Quand c'était son tour, cela donnait : «Ça va, ça va très bien... rien de spécial, pas de problème particulier.»

Elle repensa à une conversation avec Sophie, qui l'avait très vite interrompue.

— Oh moi, tu sais, j'ai décidé de ne plus avoir d'états d'âme... C'est tellement chiant, les états d'âme...

Margot avait écouté sans broncher, confirmée dans l'opinion qu'elle avait d'elle-même : catégorie «chiante».

Lorsqu'on l'invitait, elle pensait tout de suite que c'était par compassion (pauvre Margot, ça serait sympa de l'inviter, quand même... Oui, mais elle est si ennuyeuse, la pauvre...).

Margot s'était résignée, mais se réfugiait dans une solitude de plus en plus grande. C'était plus simple, finalement, que d'être toujours la déprimée de service.

Oh, après tout, ce n'était pas si grave. Elle avait ses livres, elle pouvait dessiner tant qu'elle voulait, elle était libre.

Et puis elle n'avait que dix-huit ans. Elle n'avait pas d'amoureux, d'accord, mais c'était parce qu'elle le voulait bien.

L'amour, c'était pas pour elle. Chaque fois qu'elle était tombée amoureuse, ou presque, ça avait foiré.

Il y avait eu le premier, Gabriel, qui la laissait courir après lui et ne la rattrapait qu'au dernier moment. Elle se souvenait de journées entières passées à pleurer. Comme par hasard, il s'était accroché quand elle avait cassé.

Puis, il y avait eu François, complètement malade d'amour, moche et ennuyeux. C'était tellement agréable d'avoir un mec raide dingue de vous qu'elle avait essayé de se persuader qu'elle l'aimait. Résultat : un an d'ennui énorme, mal au cœur tous les matins, avant de comprendre enfin qu'elle se racontait des bobards, que ce n'était pas l'amour de sa vie, qu'elle n'était pas obligée de vivre ça.

Ensuite, des petites histoires sans importance, qui duraient au maximum une semaine. Qui la décevaient, et décevaient certainement les autres.

Non, c'était trop nul, tout ça, pas la peine d'insister.

Ça viendrait quand ça viendrait, elle avait autre chose à faire pour l'instant.

Soupirant, elle reprit son dessin,

corrigeant ce qu'elle avait tracé. Sa main esquissa dans le fond une sorte de bâtisse qui apparaissait à travers les arbres.

– Mais non, idiote, c'était une forêt, pas un château dans les bois!

Elle effaça le château, s'appliqua sur le bouquet d'arbres, le tronc au premier plan.

Il manquait quelque chose, c'était évident. Et en plus c'était mou, c'était moche, elle n'y arriverait jamais.

Elle recommença sur une autre feuille, changea de crayon, celui-là était trop fin.

Rien à faire, elle reproduisait toujours la même disposition, et il y avait toujours cette impression: quelque chose manquait.

De nouveau, sa main traçait le

contour de cette drôle de bâtisse…
indépendamment de sa volonté.

«Après tout, pourquoi il n'y aurait
pas un château dans cette forêt?» pensa-
t-elle en souriant intérieurement.

Penchée sur sa feuille, elle se remit
au travail, sans mesurer le temps.

Le dessin terminé, elle le saisit, se
leva et le tint à la lumière, à bout de
bras, pour bien le voir dans son entier.

C'était ça. C'était exactement ça.

Une bouffée d'angoisse l'envahit,
sans qu'elle puisse se l'expliquer.

Elle l'examina plus attentivement.

Cette ruine, qui se dressait sous la
lune, à la fois majestueuse et pleine de
mystère…

Son cœur battit plus fort. Elle
connaissait cet endroit.

Margot chancela, s'appuya sur le

coin de la table pour ne pas tomber, un vertige la prenait, elle était brusquement revenue des années en arrière, l'été de ses onze ans...

CHAPITRE II

CET été-là, Margot avait essayé de persuader sa mère de ne pas l'envoyer en centre de vacances.

— Mais on peut rester toutes les deux à Paris ! je te promets que je trouverai des tas de trucs à faire ! je t'embêterai pas, Maman, je te jure ! allez…

— Je n'ai pas envie que tu passes le mois entier devant la télé en te gavant de glaces. Ce camp est très bien. Tu auras des copains, plein d'activités. Je suis sûre que tu seras ravie une fois là-bas.

Il n'y avait plus à discuter.

Bon gré, mal gré, Margot se plia à la vie du centre.

Par une soirée ensoleillée, tout le monde se rendit à l'«aire de détente», sorte de clairière pelée au milieu des pins. Après une heure de discussion, ils se mirent d'accord pour jouer à cache-cache, ce que Margot jugea enfantin (elle avait quand même onze ans et demi) et nul.

Elle était furieuse.

Uniquement parce que Anyssa (avec un «y», s'il vous plaît) l'avait proposé, tout le monde avait accepté sans protester.

Parce que lorsque Anyssa voulait quelque chose, tout le monde obéissait, Margot la première.

«Je comprends pas pourquoi je discute même pas, pensait Margot. C'est une frimeuse. En plus, elle est même pas gentille, et elle est idiote.»

Mais dès qu'Anyssa faisait mine de s'intéresser à elle, Margot sentait voler en éclats toutes ses critiques. Elle avait envie de lui plaire, riait bêtement à toutes ses blagues.

Heureuse quand Anyssa lui adressait un vague sourire, désespérée quand elle ne lui prêtait pas attention.

Sa spécialité, c'était de tourner la tête au beau milieu d'une phrase pour s'adresser à quelqu'un d'autre, comme si ce qu'avait dit Margot était vraiment trop nul pour qu'on s'y arrête même une seconde.

Anyssa avait choisi les équipes.

Elle s'était débrouillée pour se retrouver avec Marc. Le reste, elle s'en fichait. Ils allaient en profiter pour s'embrasser, etc. Ridicule.

À la fin du jeu, quand on aurait trouvé tout le monde sauf eux, ils réapparaîtraient au bout d'une heure, rouges et décoiffés, riant très fort et se moquant de tout le monde parce qu'on ne les avait pas retrouvés.

— Margot, toi tu es avec Bruno, et Fabrice… avec Sandra… Et Amina, toi tu es avec…

Anyssa l'avait collée exprès avec le nul des nuls, le mec dont personne ne voulait. Le mec le plus pénible, celui qui vous regardait avec de grands yeux, toujours à vous demander votre avis, à vous suivre partout comme un petit chien alors qu'on n'avait absolument pas envie d'être avec lui.

Ça la rendait malade.

— Tu dois être contente, Margot, je t'ai mise avec ton amoureux!

Tout le monde riait.

Puisque c'était comme ça, elle ferait exprès de perdre. Elle leur montrerait qu'elle ne pouvait pas supporter ce mec. Ils la lâcheraient un peu après ça, et Anyssa, elle n'aurait plus rien à dire.

Amina s'y collait, cette fois, en râlant comme d'habitude. Margot l'aimait bien. Plus que les autres en tout cas. Elle connaissait plein de trucs et puis c'était la seule à tenir tête à Anyssa quand elle en avait assez de se faire marcher dessus.

Bruno lui tendait la main.

– Tu viens ?

Toujours avec son air gentil qui l'exaspérait. Margot, ignorant la petite main tendue, passa devant lui et s'accroupit vaguement derrière le premier rocher.

— Eh! On va nous trouver tout de suite, là!

Margot haussa les épaules. Qu'est-ce que ça pouvait faire qu'on les trouve tout de suite ou jamais? Il était vraiment bébé, c'était pas possible. Plutôt que de discuter, elle le suivit à contrecœur.

Elle le dépassa rapidement pour ne pas avoir à le regarder.

— Eh! C'est pas mal, là.

Margot continua son chemin sans se retourner. Tout ce qu'elle voulait, c'était qu'il la lâche.

— Eh! Attends! C'est pas la peine d'aller trop loin! C'est bien, là!

Il chuchotait tout en essayant de la rattraper.

Elle pila et le regarda avec dureté.

— On t'a jamais dit que t'étais chiant?

Bruno, interloqué, la dévisagea sans comprendre.

— Et tu peux arrêter de me regarder comme ça, s'il te plaît?

Il restait muet, les yeux fixés sur elle.

Sans oser se l'avouer, Margot se sentait gênée à présent.

— Bon, on se cache, là, ou quoi?

Bruno s'assit en tailleur sur le sol sableux, la tête baissée, traçant vaguement avec ses doigts des figures dans le sable.

Margot se sentit rougir. Elle s'énerva encore plus.

— Bon, tu fais quoi, là?

Bruno marmonna quelque chose.

— Qu'est-ce que tu dis?

— Je dis : c'est pas la peine de chuchoter, tu vois bien que personne peut nous entendre.

Margot décontenancée prit le temps de regarder autour d'elle. C'était vrai. Ils étaient loin du camp, le paysage avait changé. Plus touffue, la forêt laissait à peine traverser les rayons du soleil, et le chemin était devenu un sentier envahi de ronces. Margot ne voulait surtout pas montrer qu'elle se sentait inquiète.

– Bon, si tu veux rester là, c'est ton problème. Moi, je rentre.

– Pourquoi tu dis que je suis chiant?

Elle s'arrêta net et se retourna vers lui, exaspérée.

– On va pas en discuter toute la journée, non? Tu viens ou tu viens pas?

Bruno continua à tracer des sillons

dans le sable, il avait vraiment l'air décidé à ne pas bouger.

Margot s'éloigna d'un air buté, furieuse contre lui, et plus encore contre elle-même.

Maintenant, elle n'avait plus qu'à revenir vers les autres et essayer de l'éviter.

Elle n'arrivait pas à retrouver le large chemin sablonneux qu'ils avaient suivi. C'était quand même pas aussi loin que ça, si?

Perplexe, elle retourna sur ses pas. Bruno était adossé contre un rocher, l'air lointain.

— Dis donc, je trouve plus le chemin.

Il soupira, ces problèmes bassement matériels le harassaient, il consentit à se déplier pour rejoindre Margot.

– C'est par là qu'on est arrivés, affirma-t-il avec indifférence en indiquant la droite.

Margot s'engagea dans la direction sans hésiter.

Il la suivit en traînant les pieds.

Au bout d'une heure, ils durent se rendre à l'évidence : au lieu de retourner sur leurs pas, ils s'étaient enfoncés davantage dans la forêt.

CHAPITRE III

— *T*U crois qu'on est perdus ? chuchota Margot.

Apeurés, ils avançaient avec hésitation, en appelant à l'aide de toutes leurs forces. En réponse, ils ne recevaient que les craquements des branches ou les bruits furtifs d'animaux invisibles.

Il ne faisait plus si clair.

Instinctivement, ils s'étaient rapprochés l'un de l'autre. Bruno tenta de la rassurer, lui-même inquiet.

— De toute façon, ils vont nous chercher.

— Mais ils auraient déjà dû nous trouver !

Margot ne pouvait plus retenir ses larmes.

Bruno lui entoura les épaules maladroitement.

— T'en fais pas…, tenta-t-il.

Elle se dégagea d'un geste brusque.

— C'est ta faute ! C'est toi qui m'as dit que c'était par là !

— Je sais, répondit le garçon, tristement.

La colère de Margot tomba d'un seul coup.

— Écoute, on va pas se disputer, O.K. ?

Bruno acquiesça.

— On va réfléchir, et je suis sûre qu'on va retrouver le chemin, O.K. ? Il faut qu'on trouve la direction par rapport au soleil, non ?

En même temps qu'elle prononçait ces mots, Margot se rendit à l'évidence : il n'y avait plus de soleil.

La nuit tombait et ils n'y verraient bientôt plus rien.

— Moi, je crois…

Ils avaient parlé en même temps, et soudain un fou rire les prit.

Ils ne pouvaient plus s'arrêter, ils hoquetaient, c'était la chose la plus drôle qu'ils avaient jamais entendue.

Puis le silence se fit.

Ils étaient tous deux appuyés sur des rochers, dans une petite trouée, et restèrent ainsi un moment, comme engourdis. Ce fut Margot qui brisa le silence.

— Il faut qu'on trouve un abri, non ? hasarda-t-elle.

— Ouais, et puis demain, c'est sûr

qu'ils nous trouveront. Elle n'est pas si immense, cette forêt.

Margot ne fit pas de commentaires. Ils savaient tous deux que chaque année, des enfants et même des adultes disparaissaient, malgré les battues et les recherches. Au moins, ils n'étaient pas tombés dans une faille, ils ne s'étaient pas cassé de jambes, ils étaient entiers et même s'ils avaient un peu faim…

— T'as pas faim, toi? demanda Bruno à ce même moment.

— Devine, répondit Margot. On pourrait tuer un chevreuil, faire du feu et le cuire à la broche… Qu'est-ce que tu en penses?

— Ben non, on n'a pas de ketchup, répondit Bruno en déglutissant.

— Bon, ben, on s'en passe, alors.

Ils échangèrent un sourire, puis le sérieux les reprit.

Dans l'ombre, les fourrés et les rochers se confondaient, masses inquiétantes où il était difficile de pénétrer. Ils se dirigèrent avec hésitation vers un bouquet d'arbres à la recherche d'un abri. Écartant les branchages, Bruno s'étonna.

– C'est drôle, il y a un bout de mur, là.

À travers les ronces, qui n'étaient pas trop méchantes, ils suivirent le tracé de ce qui avait été un mur, et qui n'était plus à présent que des pierres éboulées envahies par le lierre.

À un endroit, cependant, le mur s'arrêtait. Des pierres d'angle étaient restées en place, sans doute les soubassements d'un porche, qui s'ouvrait vers une allée sombre.

— Ça devait être l'entrée d'un château, ou quelque chose comme ça, chuchota Bruno, impressionné.

— Tu crois que si on entre, on sera transformés en statues ?

— Peut-être qu'on trouvera un truc pour s'abriter, un bout de maison…

— Peut-être que c'est le château de la BÊTE, et qu'il y aura des tas de trucs à manger tout préparés…

Ils franchirent ce qui avait été le porche. De grands arbres alignés bordaient l'allée qui, autrefois sans doute, menait à la demeure principale.

La nuit était là maintenant, ils hésitaient à avancer dans l'obscurité.

Ils poussèrent un cri en même temps.

Franchissant un fourré, ils avaient

soudain débouché sur un espace dégagé où se dressait un haut bâtiment, découpé sur le ciel éclairé par la lune.

C'était une bâtisse rectangulaire, au perron élégant, aux fenêtres hautes dont les vitres avaient disparu depuis bien longtemps, envahies par les lierres et les ronces, au toit défoncé. Elle était restée magnifique malgré les outrages du temps et de l'abandon.

Les enfants la contemplèrent en silence, captivés par le charme de sa beauté.

– On entre ? chuchota Margot.

Chapitre IV

La porte vermoulue était restée entrouverte, bloquée par la végétation.

Ils se glissèrent dans l'ouverture, posèrent précautionneusement les pieds sur le sol carrelé, aux dalles brisées. Margot arrêta Bruno d'un geste.

— Et si elle était hantée ?

Bruno haussa les épaules. Ils débouchèrent sur une grande pièce. Au fond se trouvait une cheminée majestueuse.

Les ruines étaient éclairées par la lune, dont les rayons passaient au travers des planchers détruits.

— Ça devait être le salon, chuchota Bruno.

— Pourquoi tu chuchotes? chuchota Margot à son tour.

— Ouais, c'est vrai, dit Bruno de sa vraie voix, bien que mal assurée.

Il se racla la gorge et répéta, très fort:

— Ouais, c'est vrai! pourquoi on chuchote? Il n'y a personne, ici! Hein? Il y a quelqu'un?

Il se mit à courir dans la pièce en criant.

— Il y a quelqu'un? Monsieur le Fantôme, vous êtes là? On est venus vous voir, monsieur le Fantôme, c'est pas très poli de pas nous accueillir! Non, vraiment, vous êtes pas très poli, monsieur le Fantôme!

— Chut… arrête, murmura Margot en pouffant.

Ils s'assirent près de la cheminée vide.

– On pourrait dormir, et puis demain…

– …on nous retrouvera, compléta le garçon.

Le silence suivit, ils ruminaient leurs pensées.

*
* *

Il sentait leur présence dans tout son esprit. Ce n'étaient pas les cris du garçon qui l'avaient réveillé, malgré le ton bravache qui l'avait légèrement agacé, mais plutôt les sentiments des enfants qu'il avait perçus de toute sa sensibilité. Il y avait la peur, et puis le courage venait tout de suite après et il aimait cela. De petits êtres innocents, qui ignoraient eux-mêmes toute la complexité de leurs jeunes âmes. C'était excitant, il fallait aller voir cela de plus près.

Peut-être étaient-ils les élus, ceux qu'il attendait depuis si longtemps.

*
* *

Bruno pensait à Margot, avec un mélange d'attendrissement et de rancœur. Pourquoi fallait-il toujours cacher ses sentiments, sous peine de paraître ridicule, pourquoi la vie n'était-elle pas plus simple ?

Il avait aimé Margot à la seconde où il l'avait vue, quand elle avait débarqué dans leur groupe quelques jours après les autres, avec l'anxiété dans les yeux et un petit air fermé pour la cacher. Elle avait fait des efforts pour se faire admettre par les autres filles. Cette garce

d'Anyssa, la chef de bande, l'avait sé-
duite et dominée dès le début, pour la
rejeter ensuite comme un vieux chiffon,
une fois qu'elle s'était assurée de son
pouvoir. C'était drôle, il y avait toujours
quelqu'un comme ça à l'école ou dans
tous les groupes de vacances qu'il avait
connus. Une personne qui dominait
tout le monde sans être particulièrement
belle, ni drôle, ni intelligente. Simplement, Anyssa était plus sûre d'elle, et
surtout n'avait aucun scrupule. Elle
pouvait mentir, trahir, sans aucun état
d'âme, du moment que cela lui servait.
Et cela lui donnait un pouvoir total sur
des personnes plus fragiles, plus sen-
sibles, plus inquiètes d'elles-mêmes et
plus soucieuses des autres.

Et ça ne servait à rien d'essayer de
rassurer celles-ci, en étant gentil, atten-

tif. Au contraire, on était repoussé, comme une preuve de faiblesse qu'il fallait à tout prix éliminer.

Il le savait et, pourtant, il était tombé bêtement dans le piège. Il avait tout de suite dévoilé ses sentiments, parce qu'ils étaient plus forts que la prudence.

Il regarda Margot, tout à ses pensées, les bras serrés autour des genoux.

Il avança machinalement sa main pour repousser une mèche qui lui cachait la joue.

Margot tressaillit et lui sourit, puis, se rappelant la situation, manifesta son inquiétude.

— Tu crois vraiment qu'ils vont nous trouver, demain?

— Demain est un autre jour, tenta

de plaisanter Bruno, sans succès. Ouais, bien sûr. En tout cas, on y verra clair, on pourra se diriger.

Les phrases s'espaçaient, laissant le silence revenir peu à peu. Margot soupira.

— Il est quelle heure ?

— À peu près minuit, je crois. Ouais, minuit exactement. Non, je déconne, j'en sais rien. Il est tard, quoi.

Elle frissonna, se rapprocha de Bruno.

*
* *

Les deux petites silhouettes se tenaient assises, toutes droites, crispées. Ces deux petits devaient avoir froid. Cette sensation, il l'avait presque totalement oubliée, mais leurs frissons lui avaient rappelé bien des choses. Des choses douloureuses, qui lui tenaillaient le cœur, qui le faisaient errer en hurlant son chagrin à la lune. Il s'approcha doucement, dans l'ombre, il voulait sentir de plus près ces êtres aux cœurs battants, pas encore trop blessés, pas encore fermés à l'amour.

*
* *

Margot sursauta violemment :

— Tu as entendu ?

Bruno parcourut la pièce du regard.

— C'est rien, c'est des petits animaux qui doivent se balader dans le coin…

— Des rats ?

Margot le questionnait avec horreur. Ses yeux agrandis par l'effroi firent rire Bruno malgré lui.

— Et alors, même si c'était des rats ? la taquina-t-il gentiment.

— Ben les rats, ils peuvent manger les gens, figure-toi. J'ai lu un livre où il y avait un bébé, eh ben les rats l'avaient mangé, et on a juste retrouvé ses vêtements pleins de sang, c'était les rats qui l'avaient mangé.

— Ben dis donc, tu lis des livres marrants, toi.

Margot rougit, vexée.

— C'est pas moi qui l'avais lu, c'est ma mère mais elle me l'a raconté. Et même que c'était une histoire VRAIE, figure-toi.

— Mais c'était pas pareil, ça devait être dans une ville, des rats qui avaient faim, et puis c'était autrefois...

— Ah oui? Tu sais toujours tout, toi, c'est ça?

La Margot susceptible et brusque avait fait sa réapparition, et Bruno, impuissant, ne pouvait que hocher la tête en signe de dénégation. Au moins, la colère avait distrait Margot de sa peur.

C'était déjà ça.

– J'ai dit quelque chose de drôle ? réattaqua Margot furieuse en voyant un sourire sur les lèvres du garçon.

Elle lui tourna fermement le dos pour lui signifier son mépris absolu. Soudain, elle porta les mains à sa bouche, muette de terreur.

Là, dans l'ombre, une immense silhouette tapie sur elle-même les observait de ses yeux incandescents.

Bruno, intrigué par l'expression de Margot, tourna la tête à son tour.

*
* *

– *Calme, mes jolis, mes petits, je ne vous veux pas de mal...*

Leur peur était tellement forte que tout leur cerveau était paralysé, laissant place à cette violence insupportable. Quelle stupidité de leur apparaître brusquement, sans préparation ! Il fallait les calmer, les rassurer, insinuer dans leur esprit la douceur. Pour qu'ils lui ouvrent le chemin, qu'il puise en eux la paix dont il avait tant besoin.

*
* *

La terrifiante vision avait maintenant disparu.

– Qu… qu'est-ce que c'était ? balbutia enfin Margot, les yeux en soucoupes, les dents s'entrechoquant.

Bruno n'était pas plus brillant, il sentait son cœur battre comme un fou dans sa poitrine. Il se colla à Margot. Les deux enfants terrorisés reprirent leur souffle.

— Je... je crois que c'était rien... Y a plus rien... On a cru qu'il y avait quelque chose, mais c'était... rien..., tenta Bruno, les yeux fixés sur le coin vide.

— Mais... on l'a vu tous les deux, non?

— Ouais... mais tu sais, c'est comme quand on est dans sa chambre, et qu'on croit qu'il y a un voleur, et puis on se rend compte que c'est les fringues sur la chaise...

— Oui, mais là il y a pas de chaise..., gémit Margot.

— C'est pareil, affirma Bruno en reprenant de l'assurance, mais sans s'écarter de la petite fille.

Les deux enfants restèrent un moment silencieux, engourdis par la peur qui les avait assaillis.

*
* *

La peur s'est éloignée, mais elle est là, tapie dans un coin, prête à réapparaître... oh mes petits... j'ai tant besoin de vous... Les guider, tout doucement, les attirer par quelque chose qu'ils aiment... qu'ils désirent... Qu'est-ce qui domine, à présent... la faim...? le froid...? Intensifier leurs besoins... les amener doucement...

*
* *

— Tu trouves pas qu'il fait de plus en plus froid? demanda brusquement Margot en chuchotant malgré elle.

Bruno acquiesça en durcissant ses mâchoires pour ne pas laisser entendre son claquement de dents. Un froid polaire gagnait l'atmosphère, un froid insidieux, glaçant jusqu'au fond des os.

Comment c'était possible, en plein milieu du mois d'août? Ce devait être l'humidité.

— Tu… tu crois qu'on peut… mourir de froid?

Le petit murmure désespéré serra le cœur du garçon.

— Ta mère a peut-être lu un livre là-dessus, si ça se trouve…

Margot ne se regimba même pas. Une grande fatigue l'envahissait, elle avait honte de se sentir aussi petite, d'avoir envie d'être dans les bras de sa mère, elle avait peur de se mettre à pleurer, mais ses larmes coulèrent sans qu'elle puisse les en empêcher.

— T'en fais pas…, murmura Bruno, essayant de la réchauffer en lui frottant le dos.

Mais la petite fille s'endormait déjà.

Il savait que c'était dangereux de s'endormir, il se mit à la secouer un peu, l'exhortant à rester éveillée. Il paniqua bientôt en voyant que ses efforts étaient inutiles, que la petite fille, toute raidie de froid, ne réagissait même plus.

— Allez, Margot, il faut pas rester comme ça! Il faut se remuer, lève-toi! Allez!

Pour donner l'exemple, il se leva et se mit à sauter sur place en boxant dans le vide. Margot le regardait vaguement.

— Peux... pas..., articula-t-elle péniblement.

Ses yeux se fermaient malgré elle, comme si un poids tirait ses paupières. Elle ne sentait même plus la dureté du sol, et se laissait dériver, doucement...

Chapitre V

— *Margot!* Margot! On va faire du feu! on va s'allumer un big feu!

Margot entendait une voix, très loin, elle se laissait couler dans le sommeil, c'était si bon, pourquoi résister…

Elle sentit vaguement qu'on la traînait, elle protesta en se sentant bousculée, secouée…

Elle ouvrit les yeux et prit peu à peu conscience de ce qui l'entourait. Bruno, accroupi à côté d'elle, les joues rougies, soufflait sur des flammes qui montaient dans la haute cheminée.

— Il faut pas que ça s'éteigne! J'ai utilisé toutes les allumettes!

Il haletait, courait aux quatre coins de la pièce, cassait avec ses pieds les branches tordues des lierres morts, heureusement assez secs pour nourrir le feu qui s'éleva bientôt, haut et clair, sous les yeux de Margot encore pleins de sommeil.

Enfin réchauffée, Margot se réveilla tout à fait.

Bruno était encore complètement excité par ce qui s'était passé.

— J'étais en train de gesticuler, comme un idiot, et puis tout à coup, j'ai vu un truc qui brillait par terre. Alors j'ai regardé. Je te jure, je pouvais pas le croire: une boîte d'allumettes, là, juste sous mes yeux! Elle était à moitié enfouie sous les feuilles, c'est pour ça qu'on l'avait pas vue! c'est dingue. Je l'ai ouverte… tu peux pas savoir… mes mains, elles tremblaient comme c'est pas possible… et il y avait des allumettes dedans. Je vais te dire un truc, c'est tout juste si j'ai pas pleuré quand j'ai vu ça.

*
* *

— *Bien, bien, mon bonhomme, je savais que je pouvais compter sur toi… Bientôt vous serez prêts… Bientôt…*

*
* *

— C'est génial! Et tu l'as trouvée comme ça, dans un coin?

— Ouais, ça doit être un mec qui a squatté là, puis qui l'a oubliée… Si tu veux, maintenant tu peux dormir, il y a plus de danger… je surveille le feu.

Margot se rembrunit.

— Tu sais, tout à l'heure, avant que tu allumes le feu… Eh ben, je crois que j'allais… tu sais, je crois bien que j'allais…

Sa voix se brisa. Elle avait du mal à terminer sa phrase.

— Que tu allais… quoi?

— Tu sais… mourir, quoi…

La gorge serrée, Bruno fixait le feu en l'écoutant. Lui aussi avait senti le danger.

— C'est des conneries… t'es là, non?

N'entendant pas de réponse, il se tourna vers Margot, qui fixait le feu gravement, les yeux brillants.

— Et tu sais… quand j'ai dit que t'étais chiant…

Bruno détourna son regard.

— ... Eh ben, je le pensais pas, en fait...

— ...

— ... Je me disais... je sais pas... que c'était ridicule d'être sympa avec moi comme ça... comme si tu fayotais... tu vois ce que je veux dire ? Enfin, je veux dire... les gens, ils sont trop gentils quand ils veulent qu'on les aime, tu vois... Alors je me disais ça, et ça m'énervait, quoi... ça m'énervait que tu sois comme ça, toi aussi... comme moi... Je trouve ça tellement nul d'avoir tout le temps envie qu'on vous aime... tu comprends ?

Bruno hocha la tête sans un mot, trop ému pour parler.

— Quelquefois je me dis, c'est comme si on était deux personnes... une fausse et une vraie... on fait des trucs qu'on n'a pas envie de faire, on dit des trucs qu'on n'a pas envie de dire, et pourtant on peut pas s'empêcher et après on se sent bizarre... tu trouves pas? on se sent pas heureux, pas content et on sait pas pourquoi. On veut être quelqu'un d'autre, au lieu de nous-même... Tu trouves pas?

Assis devant le feu, les enfants se parlaient, doucement, et bientôt leurs têtes se rapprochèrent, et Margot posa la sienne sur l'épaule du garçon qui l'entoura tendrement de son bras.

CHAPITRE VI

— JE crois qu'il faut encore du bois, dit Bruno au bout d'un moment.

Mais dans la grande pièce, ils avaient ramassé tout ce qui avait pu servir à alimenter le feu, il fallait chercher ailleurs. Ce qui signifiait aller dans une autre pièce sombre et glacée, derrière une porte à demi close…

Margot prit la main de Bruno et se leva.

— Viens, on va y aller ensemble, murmura-t-elle.

— Attends, on va s'éclairer, dit-il en pêchant un brandon dans le feu.

Ils s'approchèrent, le cœur battant, de la haute porte vermoulue, qui grinça à leur passage…

*
* *

— *Venez, mes enfants, venez à moi…*

Il les attendait, invisible, derrière la porte. Est-ce qu'ils fuiraient, effrayés, ou allaient-ils accepter ce qu'il leur offrait, pour le meilleur et pour le pire…?

*
* *

Une très vive lueur les éblouit.

CHAPITRE VII

MARGOT se frotta les yeux.

Elle était allongée sur le sol, il faisait plein jour. Le soleil entrait à flots dans la pièce, le feu s'était éteint, les oiseaux chantaient au-dehors.

Elle était seule.

Son estomac se tordait de faim.

Où Bruno avait-il bien pu aller?

– Bruno? Bruno, tu es là?

Margot se leva, tout ankylosée.

Elle frissonna dans l'air frais du matin, les idées pas encore très claires.

– Bruno! réponds-moi! t'es pas drôle à la fin!

Cet idiot avait dû se cacher pour lui faire une blague. Margot entrebâilla la porte qui donnait sur la pièce d'à côté. Elle était vide également, les rayons du soleil se glissaient dans les trous du plafond détruit.

«Comme ça devait être beau avant», songea Margot. Une vision fugace lui traversa l'esprit.

Elle avait fait un rêve si bizarre... Elle secoua la tête pour se débarrasser de cette vision qui lui laissait une si étrange impression, comme une gêne.

C'est alors qu'elle entendit les aboiements.

Elle sortit sur le perron, les yeux plissés à cause du soleil.

Des chiens débouchaient de l'allée,

tenus en laisse. Parmi tous les gens qui accouraient, Margot vit sa mère s'élancer vers elle en criant son nom. Bruno était avec eux. On les avait retrouvés.

Le mois d'août se termina à Paris.

Quand sa mère lui parla de Bruno, Margot éprouva un pincement au cœur, très fugitif, comme un regret intense, puis elle s'en désintéressa totalement, oubliant tout ce qui le concernait, y compris son nom.

Plus tard, elle refusa même d'évoquer ce qui s'était passé cette nuit-là.

On lui dit qu'elle voulait éviter d'y penser à cause du sentiment de peur qu'elle avait ressenti. Elle effaça cet épisode de son existence.

CHAPITRE VIII

CET événement lui revenait maintenant à la mémoire, dans tous ses détails.

Le camp de vacances, la partie de
cache-cache, Amina tournée contre le
tronc d'arbre en train de compter, la
main de Bruno (Bruno... il s'appelait
Bruno...) tendue vers elle, leur fou rire
près des rochers... le jour qui finissait
dans la forêt obscure, et puis le château... le feu dans l'immense cheminée,
et même le froid terrible... elle frissonna à ce souvenir. Et puis...

Un sentiment d'angoisse l'assaillit.

Il s'était passé quelque chose, avant qu'elle ne se réveille le matin…

Toute la journée, elle tenta de se souvenir de cette nuit.

Dans la soirée, elle décida qu'il fallait absolument qu'elle en ait le cœur net, et appela sa mère au téléphone.

— Tu donnais vraiment l'impression d'avoir tout oublié, ou en tout cas de ne pas vouloir t'en souvenir, lui rappela celle-ci.

— Oui, je sais bien, M'man, mais ça m'est revenu tout d'un coup…

— Tu es sûre que c'est bon de revenir en arrière comme ça ? Tu sais, tu avais l'air vraiment choquée, ce n'est peut-être pas une bonne idée de…

— Mais Maman, c'est juste que j'y ai pensé tout d'un coup, et…

— Mais qu'est-ce qui t'y a fait repenser? C'est bizarre… tu es angoissée en ce moment?

— Écoute, M'man, je voulais juste savoir si tu te souvenais de l'endroit. C'était où, le camp?

— Mais pourquoi? Ça fait tellement longtemps… Tu es sûre que ça ne va pas te déprimer, ma chérie…?

Margot eut un soupir excédé.

— Mais je peux chercher, si tu veux. Je ne sais pas où je vais trouver ça…

— Tu ne te souviens même plus à côté de quelle ville c'était?

Finalement, Margot obtint le renseignement qu'elle cherchait.

Le camp était près de Banneuil, en Dordogne.

Elle téléphona à la mairie. Le camp n'existait plus depuis plusieurs années.

Ce nom ne lui rappelait rien. Quant à retrouver celui de Bruno, elle ne voyait pas comment s'y prendre.

Elle se coucha en y pensant encore, essaya de lire, s'aperçut au bout de quelques pages qu'elle ne savait même pas de quoi il s'agissait.

Elle passa une drôle de nuit, très mouvementée, se réveillant sans arrêt, au milieu de cauchemars étranges.

Le jour apparut enfin.

Elle se leva. La réalité allait reprendre ses droits avec le café du matin et une bonne douche.

Sa mère avait raison. À quoi bon remuer le passé ? Ça ne voulait rien dire, tout ça.

CHAPITRE IX

*E*LLE arriva à Banneuil à quatre heures de l'après-midi, après avoir pris successivement un TGV, une micheline grinçante qui traversa des kilomètres de forêt dorée par l'automne, et un taxi. Le chauffeur lui demanda si elle venait de Paris, si elle avait de la famille ici ou si elle venait en vacances.

Elle se fit conduire au seul hôtel du village. La patronne l'accompagna à sa chambre. Bonne dame rondouillarde, elle lui confia, honteuse, que pour ce soir, elle n'aurait que du confit de canard et de la salade, est-ce que ça lui conviendrait ?

Margot, l'esprit ailleurs, ne répondit pas, plongeant la pauvre dame dans des abîmes d'angoisse.

— Vous comprenez, mon mari n'est pas là et...

Margot réagit au quart de tour.

— Il est mort ?

— Mais non, pourquoi vous dites ça, voyons ?

Margot rougit, consciente d'avoir parlé sans réfléchir.

— Y a pas de mal, assura la bonne dame, légèrement offusquée. Et pour le confit... ?

Une fois seule, Margot s'assit sur le lit, perplexe. Qu'est-ce qu'elle faisait là, au lieu d'être à Paris et de continuer sa petite vie comme d'habitude? Elle qui faisait toujours attention à tout, pour qui prendre un bus était un acte de courage, qui tremblait en rentrant seule dans un café, elle se retrouvait dans cet endroit perdu, sans aucun plan en tête, tout ça à cause d'une espèce de truc qu'elle avait gribouillé et qui lui rappelait vaguement un souvenir d'enfance.

Elle avait apporté le dessin dans son bagage, et le retira de sa pochette pour le regarder à nouveau. Cela lui donna une idée

«Elle va vraiment me prendre pour une folle», pensa-t-elle en descendant l'escalier jusqu'à la réception.

– Euh… Excusez-moi, hasarda-t-elle, interrompant la patronne dans la fabrication d'un tricot apparemment très compliqué.

Celle-ci examina derrière ses lunettes le dessin que lui tendait Margot par-dessus le comptoir.

— Oh, ben dites donc, c'est vous qui avez fait ça? C'est bien vu, dites donc.

— Euh… Je voudrais savoir… Ça vous rappelle quelque chose?

— Ben ça alors, bien sûr! Vous êtes déjà venue ici, alors?

— Il y a longtemps, oui… quand j'étais petite…

— Parce qu'on dirait bien le domaine de Clisson, ma parole! Attendez voir… Oui, c'est bien ça, avec l'allée de châtaigniers, là… Si c'est pas malheureux, tout de même…

— Qu'est-ce que vous voulez dire?

— Ben, vous savez bien… On n'a rien pu faire, vous savez. Pourtant, c'est pas faute d'avoir essayé. Mais la commune, elle est pas assez riche pour le racheter, alors…

— Mais pourquoi il faudrait le racheter?

— Ben, vous êtes pas au courant, alors?

Margot n'en pouvait plus. Elle cria presque.

— Mais au courant de quoi?

La patronne la regarda, un peu interloquée.

— Eh ben, qu'ils vont le raser, quoi!

Chapitre X

MARGOT avait suivi les indications de son hôtesse.

— Oh, c'est pas bien difficile, vous sortez du village vers Dutray, puis vous prenez le petit chemin à gauche, celui qui longe le cimetière... Et puis vous continuez tout droit tout droit dans la forêt, vous marchez une bonne demi-heure, c'est pas tout près quand même, mais vous êtes jeune, vous avez de bonnes jambes... et puis là vous pourrez pas le manquer...

Après le cimetière, à la sortie du village, le chemin se transformait en un ravissant sentier bordé d'églantiers et d'aubépines, éclairé par la douce lumière d'automne. Margot longea quelques champs avant de pénétrer dans la forêt.

Elle avait compati poliment à la tristesse que provoquait dans le village la démolition du fameux domaine, sans se sentir très concernée. Elle ne voulait qu'une chose : essayer de réveiller sa mémoire pour effacer cette impression de malaise qui la tourmentait depuis la veille.

Ensuite, elle rentrerait à Paris et oublierait tout ça. Un bon coup de ménage, en quelque sorte.

Elle se sentit bientôt gagnée par l'atmosphère féerique des lieux, admira les troncs noueux des vieux chênes, les tapis de mousse à leur pied, le flamboiement des hêtres, les peupliers dorés. Elle en avait presque oublié la raison de sa venue.

Le sentier s'élargissait, entouré de rochers. Elle faillit crier, les images revenaient en force.

Ils s'étaient arrêtés là, avaient réalisé qu'ils s'étaient perdus.

Logiquement, le mur éboulé devait se trouver un peu plus loin sur la gauche…

Elle avança comme dans un rêve, doucement, comme si un mouvement un peu brusque allait la réveiller.

«C'est incroyable, se dit-elle, en fait, on était tout près du village et on ne le savait même pas.»

Le mur était bien là.

Sur une des pierres, une des pierres de l'ancien portail, un jeune homme était assis et la regardait.

CHAPITRE XI

LONG et mince, habillé de noir, dessiné par la lumière dorée, il restait silencieux, les bras croisés, la tête légèrement inclinée. Il attendait que Margot sorte de sa stupeur.

Cette inclinaison de la tête, et puis le regard de ces yeux bruns, attentifs et chaleureux, cette main qui se tendait, qu'elle saisit automatiquement...

— Bruno? Bruno, c'est toi?

Il semblait avoir du mal à répondre, sous le coup de l'émotion.

— C'est toi, constata Margot. Mais…
c'est pas possible…

Bruno se décida enfin. Tenant ses
deux mains dans les siennes, il plongea
son regard dans celui de Margot, l'air
égaré.

— Il m'avait dit que tu serais là,
répondit Bruno. Il me l'avait promis.

Il éclata de rire et entraîna Margot
dans l'allée. Elle le suivit, presque en
courant, pas très rassurée.

— Bruno? Comment ça se fait?
Bruno…

Ils débouchèrent devant la maison,
et s'immobilisèrent, essoufflés.

Ils furent à nouveau saisis d'admira-
tion devant la vieille demeure, encore
somptueuse, dressée dans le soleil cou-
chant.

— Qu'est-ce que tu voulais dire par: «il m'avait dit que tu serais là»? demanda Margot dans un souffle.

Ils franchirent le perron, traversèrent le haut vestibule. Dans la grande pièce éclairée par le soleil, la haute cheminée de pierre était toujours là.

Margot lui raconta comment elle avait décidé sur un coup de tête de venir sur place, à cause d'un dessin.

— Tu comprends, il fallait que je le fasse... je sais que ça paraît idiot... mais il y avait une force qui me poussait à le faire...

Bruno souriait.

— Pourquoi tu souris comme ça? j'ai dit un truc idiot?

— Non, non, pas du tout.

— Alors?

Bruno l'examina gravement.

— Je… je ne peux pas te répondre tout de suite.

— Comment ça, tu peux pas me répondre tout de suite!

— T'énerve pas.

— Pourquoi je m'énerverais pas?

Machinalement, Margot s'était levée, et marchait de long en large devant Bruno, toute à sa colère.

— Je quitte tout, je fais huit cents bornes pour venir voir un bout de ruine où j'ai passé une nuit il y a plus de dix ans, je rencontre un mec qui m'était complètement sorti de la tête, excuse-moi, et qui me répond pas quand je lui demande le moindre truc! Je voudrais savoir comment tu savais que je serais là! C'est qui, ce «il»? Qui t'avait dit que je viendrais? T'entends des voix, maintenant, ou quoi?

Sa voix suraiguë l'énervait elle-même.

Bruno soupira.

— Oh là là ! Ça va pas être facile !

Il regarda par-dessus l'épaule de Margot.

Elle se retourna instinctivement, la pièce était vide.

— Qu'est-ce qui va pas être facile ?

Bruno lui prit la main.

— Écoute, il faut qu'on fasse quelque chose, si tu es d'accord. Tu veux savoir ce qui s'est passé cette nuit-là, non ? C'est pour ça que tu es venue, non ?

Margot était embarrassée.

— Ouais, ouais.

— Je sais que ça va te paraître bizarre, et je veux pas que tu croies des trucs… Mais il faudrait qu'on passe la nuit ici, tous les deux.

— Comment ça?

Elle avait brusquement rougi.

— Mais on va geler!

— Non non, t'en fais pas pour ça.

Margot était sceptique.

— Ça... c'est toi qui le dis... moi j'ai pas envie de...

Bruno l'interrompit en lui prenant la main de nouveau.

— Il le faut, Margot, c'est très sérieux. Si je te dis ce qui s'est passé, tu vas pas me croire. Alors que si tu restes la nuit ici, tu comprendras, tu te souviendras.

— Arrête, tu vas me foutre les jetons, à parler comme ça.

C'était un peu dingue, tout ça, mais après tout, elle n'avait pas fait tout ce voyage pour rien.

Elle se rassit calmement, réfléchit un moment.

— On a pas de couvertures…

— Tu veux bien, alors ?

Il la pressait, anxieux.

Elle regardait le beau visage grave. Elle avait l'impression de le connaître très bien, intimement, alors qu'ils avaient passé si peu de temps ensemble, il y avait si longtemps.

Elle ne put s'empêcher de poser sa main sur la joue du garçon, puis la retira vivement, surprise par son geste.

Bruno n'avait pas tressailli d'un seul muscle, apparemment indifférent.

Décidément, depuis quelque temps, elle faisait vraiment n'importe quoi. Gênée, elle se leva et tournicota dans la pièce.

— Bon, alors… On fait du feu, comme au bon vieux temps ?

Bruno se détendit, son visage s'éclaira.

– Ouais, dit-il. Et cette fois, j'ai apporté les allumettes.

CHAPITRE XII

DEVANT le feu qui crépitait et lançait ses flammes dans la haute cheminée, Margot, les genoux serrés dans ses bras, se tenait hors de portée de Bruno, complètement angoissée.

«Qu'est-ce que je fais là? ruminait-elle. C'est comme ça qu'il arrive des trucs, qu'on trouve des bonnes femmes coupées en morceaux, ou étranglées avec leur culotte...»

Bruno l'avait vue s'écarter brusquement quand il avait voulu lui prendre la main, et se tenait coi de l'autre côté du foyer. Il avait l'air d'attendre quelque chose. En silence, il rechargeait le feu de branches mortes quand il le fallait, et fixait les flammes, le menton dans la main.

Margot n'y tint plus.

– Bon alors… C'est quoi le truc ? C'est une veillée funèbre ou quoi ?

Bruno tourna les yeux vers elle, sans répondre.

– On va convoquer les esprits, c'est ça ?

Elle ricanait, mal à l'aise.

– Bon. Tu peux me dire pourquoi on est là, tous les deux aujourd'hui, ou tu vas continuer à jouer les mystérieux jusqu'à ce que je pique une crise de nerfs ?

Bruno marmonna quelque chose.

– Qu'est-ce que tu dis ?

— Je dis, c'est parce qu'il avait vingt ans aujourd'hui. Comme moi.

— C'est ton anniversaire? Drôle de façon de faire la fête! T'as pas l'idée d'un truc plus marrant, jongler avec des crânes, par exemple, ou traîner des chaînes en grinçant des dents?

Sa voix était de plus en plus stridente.

Bruno l'interrompit.

— Écoute… t'es vraiment obligée de faire la maligne tout le temps? Tu peux pas être simple, voir les choses venir? Il faut toujours que tu grognes, que tu rouspètes, que tu sois odieuse… c'est vraiment toi, ça? Tu vois pas que tu bloques tout, comme ça?

Margot n'en croyait pas ses oreilles. Suffoquée, il lui fallut un moment pour répondre en bégayant d'indignation.

— Tu… tu… comment tu oses me dire ça? Tu me connais, c'est ça? Tu sais tout de moi, hein? Tu crois que si j'avais besoin d'un psy, j'aurais attendu d'être à moitié gelée dans une vieille baraque pourrie pour pouvoir enfin me libérer et raconter ma vie à un pauvre mec avec qui je jouais à cache-cache quand j'étais môme et qui se croit malin?

Elle criait à présent, s'était levée et, rouge de colère, hurlait sur Bruno, qui la regardait tranquillement s'égosiller, l'énervant encore plus par son calme.

— Et qui en plus se fout de ma gueule! Parce que je suis ridicule! Parce que je sais pas ce que je veux! Parce que je fais que des conneries! Que ma vie est nulle! Comme si je le savais pas que ma vie est nulle! Pourquoi tu crois que je fais toujours la tronche ? Pourquoi je sais jamais, jamais comment m'y prendre avec les autres ? Pourquoi j'y arriverai jamais ? Jamais !

Sur ces derniers mots, Margot s'était effondrée à terre, et pleurait la tête dans ses bras à gros sanglots incontrôlables.

Au bout d'un moment, elle releva la tête, sidérée, les yeux gonflés de larmes.

— Qu'est-ce qui m'arrive ? Bruno ? Qu'est-ce qui m'a pris ?

Bruno haussa les épaules, puis se rapprocha.

— Tu te souviens, quand on était là, et qu'on a bavardé tous les deux, devant le feu, comme maintenant ?

Margot hocha la tête silencieusement.

— Il y avait déjà deux personnes en toi. Tantôt tu étais agressive, blessante, mal dans ta peau, puis tout d'un coup, quand tu étais redevenue toi-même, tu étais adorable, gentille, drôle, voyant les choses comme elles sont, sans essayer de paraître ce que tu n'étais pas... Toi-même, quoi... Et moi, je savais que c'était toi, cette fille-là, et...

— Et quoi ? dit Margot d'une toute petite voix.

— Et je me disais que c'était tellement dommage que tu essaies d'être quelqu'un d'autre, d'étouffer ce que tu étais vraiment... tu avais peur d'être ridicule, à côté des autres filles, celles qui étaient sûres d'elles, comme cette idiote, là, je sais plus comment elle s'appelait...

— Anyssa ?

— Ouais, Anyssa. Je me souvenais même plus de son nom tellement elle était banale, et nulle. Alors que toi...

Ils laissèrent doucement le silence

s'installer entre eux. Margot eut un petit sourire triste.

— T'étais un peu amoureux de moi, à l'époque, hein ?

Bruno acquiesça, en regardant le feu. Margot soupira.

— C'est vraiment bizarre, cet endroit. Suffit d'être assis là, devant ce feu, et je me mets à dégoiser comme une idiote…

— Tu vois ?

— Quoi ?

— Toujours à te dénigrer… Dès que tu fais un truc où tu es bien, tu t'en empêches, comme si c'était ridicule…

— Ouais, je sais… mais je me trouve nulle, tout le temps… je sais pas pour-quoi…

— Pourtant, t'as pas été nulle, à ce moment-là…

— Tu veux dire, quand on s'est perdus ?

Elle sourit à ce souvenir.

— Tu te souviens quand on a rigolé comme deux tordus, on pouvait plus s'arrêter…

— Ouais…

— Et quand on a eu si froid, dans le château, j'ai pensé…

Elle s'arrêta brusquement.

— Tu as pensé…

Margot avait blêmi.

— Oh là là ! j'avais complètement oublié… Tu crois que c'est ça que j'ai enfoui toutes ces années ? cette peur… c'était atroce, et puis surtout après, quand je me suis rendu compte que je me laissais entraîner, que j'allais vraiment m'enfoncer dans le sommeil et que je pourrais plus jamais revenir… Et puis tu as fait du feu.

— Oui, j'ai fait du feu.

Margot resta silencieuse un moment, pensive, concentrée.

— Et puis il y avait plus de bois…

Elle revivait la scène.

— Alors on s'est levés pour aller en chercher…

Sans s'en apercevoir, elle s'était levée et s'approchait lentement de la porte, comme une somnambule. Elle tendit la main pour la pousser, et tourna la tête vers Bruno. Il la regardait fixement, les yeux brillants, tout son corps tendu.

— Et nous sommes entrés…

Elle poussa doucement la porte vermoulue…

CHAPITRE XIII

*L*E temps de franchir le seuil, Margot se retrouva telle qu'elle était, cette nuit-là : elle avait onze ans, et venait de pousser la porte de la même façon. Bruno la suivait de près.

Ils s'arrêtèrent sur le seuil, médusés.

À la lumière rougeoyante du flambeau apparaissaient des objets rutilants entassés contre des meubles, des malles entrouvertes d'où se déployaient des tissus chatoyants, des dentelles anciennes, des bijoux brillant doucement, les attirant par leur éclat mystérieux.

Cette pièce n'était pas aussi décré-
pite que celle d'où ils venaient. Les
plafonds richement décorés n'étaient
pas troués, la végétation avait laissé
intactes les hautes fenêtres dont les
vitraux luisaient derrière les lourdes
tentures.

Margot soupira, puis s'approcha de
ces trésors exposés, et tendit une main
hésitante vers les splendides étoffes.

– Attends, balbutia Bruno plus cir-
conspect. Ne touche pas à ces trucs...
C'est trop bizarre...

Margot ne l'écoutait pas.

Souriant comme si elle était dans le
secret de leur passé plein d'histoires,
elle s'était déjà enveloppée d'un châle
de dentelle fine et se passait autour du
cou un collier aux perles rouge sang.
Elle se retourna vers lui les yeux étin-

celants, le sourire triomphant. Elle se saisit d'une dague magnifiquement ouvragée et la brandit vers lui.

Bruno ne résista pas plus longtemps et s'agenouilla devant elle, chevalier à son adoubement.

– Moi, duchesse de Clisson, je te fais chevalier, prononça-t-elle, les yeux pétillants. Oh, c'est trop génial, non? Regarde, il y a même des bougies sur les chandeliers. On les allume?

Bruno tendit son flambeau sur le point de s'éteindre, enluminant soudain la pièce d'éclats rouge et or. Ils découvrirent alors toute la magnificence du décor.

– Où t'as trouvé ce nom? gloussa-t-il.

– J'en sais rien, répondit Margot elle-même étonnée. C'est venu comme ça, j'y ai pas pensé.

Il ne leur fallut pas longtemps pour se pavaner, parés de tissus et de bijoux, devant les miroirs ternis. Leur image, floue, semblait venir de très loin dans le temps, d'un autre siècle.

— Comment ça se fait que ça n'a pas été volé ?

Bruno se questionnait dans un sursaut de bon sens, tout en admirant la superbe de son chapeau orné d'une longue plume blanche un peu rongée mais toujours en panache.

— Peut-être que personne est jamais venu là, et qu'on est les premiers..., expliqua Margot, occupée à disposer royalement sa traîne de velours brodé d'or.

Ils s'assirent de part et d'autre d'une grande table aux pieds torsadés, après avoir placé deux chandeliers d'argent sur le bois ciré.

Comme c'était bon de les voir là, comme lui autrefois, avec sa bien-aimée, lorsqu'ils s'échangeaient des phrases à double sens, à travers la table, prenant garde à ce que personne autour d'eux ne découvre la vérité...

*
* *

— Tu te sens pas un peu bizarre?

Margot voyait Bruno à travers une sorte de brume, comme la fois où ses cousins lui avaient fait boire du rhum-Coca et qu'elle ne savait plus ce qu'elle disait, ce qui les avait fait beaucoup rire.

Bruno aussi avait un regard étrange, les yeux loin dans le vague. Il esquissait le geste de se lever, sa main s'agrippait à la table...

*
* *

Mais ce n'était plus sa main d'enfant, brune et encore potelée, c'était une grande main, aux longs doigts fins, le poignet garni de dentelles, dont Margot fascinée ne pouvait détacher son regard.

Lorsqu'elle réussit enfin à lever les yeux sur lui, ce n'était plus Bruno qui était en face d'elle, mais un jeune homme aux longues boucles brunes, qui la regardait d'un air angoissé, qui lui parlait...

– Margot..., dit la voix de Bruno, qui soudain se brisa pour devenir bien plus basse, veloutée. Ma chère, votre monture n'en pouvait plus mais, vous l'avez sans doute entraînée dans de folles escapades...

Margot regardait ses propres bras garnis de bracelets, sa robe de satin rose aux moirures cuivrées. Elle était assise à la même table que l'instant d'avant, mais celle-ci, couverte de mets odorants, était entourée d'une nombreuse assemblée. Des visages poudrés aux coiffures d'un autre siècle s'inclinaient, éclairés par les chandelles.

Elle connaissait le jeune homme qui lui parlait : c'était Guillaume de Morlaix. Elle devait à tout prix cacher l'amour qu'elle éprouvait pour lui, sous peine d'un terrible danger. Margot se rendit compte avec stupéfaction qu'elle était à la fois elle-même et...

CHAPITRE XIV

…*Marguerite de Clisson*, qui baissait les yeux maintenant, attentive à sa voisine, une jeune femme ravissante, qui lui parlait chaleureusement.

– Vous ne pouvez imaginer la beauté de ces fourrures espagnoles…, disait-elle.

– Ah vraiment? s'entendit répondre Margot, d'une autre voix que la sienne.

L'assemblée était joyeuse, comme d'habitude, car Bertrand de Clisson, son seigneur et maître, aimait mener grand train et s'entourer de jeunes et gentes figures. Il lui faisait face de l'autre côté de la table et lui jetait de fréquents regards tout en conversant avec ses invités, plaisantant bruyamment. De préférence avec Guillaume, qu'il semblait ce soir juger irrésistiblement drôle.

Après le souper, ils allaient jouer à colin-maillard, ou à la chandelle verte, tandis qu'il s'installerait sur son haut fauteuil et les regarderait s'amuser, se courir après, faire tout ce que son âge ne lui permettait plus.

— Ma douce, lui avait-il dit le soir même de leur mariage. Vous ne changerez rien à vos habitudes, vous jouerez, recevrez qui vous voulez, badinerez tant qu'il vous plaira, mais jamais, vous m'entendez, jamais le nom de Clisson ne doit s'entacher du moindre déshonneur. Vous me comprenez, n'est-ce pas?

Oui, Marguerite l'avait compris. Sa mère l'avait mariée à ce riche seigneur, les sauvant toutes deux de la misère. Leurs modestes revenus de petits nobles de campagne avaient été dilapidés par les folies de son père. Le duc avait racheté leur domaine bradé au jeu, puis, généreux, l'avait offert en cadeau de noces à sa jeune épouse, lui laissant le soin de le faire restaurer. Elle avait accepté son sort sans se plaindre, bien qu'elle eût frissonné la première fois que les mains de son vieil époux s'étaient posées sur elle. Elle avait caché ses sentiments, comme sa mère le lui avait prescrit, et accepté son devoir d'épouse, qui ne se répétait pas très souvent, heureusement.

Mais c'était avant que Guillaume apparaisse, son beau Guillaume, le rire à

la bouche, le geste souple, la voix en-
chanteresse.

*
* *

Margot s'affolait: son esprit était
enfermé dans celui de cette petite
duchesse de quelques siècles plus jeune
qu'elle, cette «Marguerite».

Elle connaissait tout de la vie de la
jeune fille, tout son passé, et aussi ce
qui allait lui arriver ensuite et qui était
une chose tellement horrible, ef-
frayante, abominable…

«C'est rien qu'un rêve, se répétait-
elle. Réveille-toi, Margot, réveille-
toi…»

Mais il n'y avait rien à faire, elle
était entraînée dans ce truc dingue, sans
pouvoir se réveiller.

CHAPITRE XV

«*Est-ce* que lui aussi sait qu'il est Bruno tout en étant quelqu'un d'autre?» se demanda-t-elle en regardant Guillaume, qui plaisantait de l'autre côté de la table tandis que le cœur de Marguerite battait fort dans sa poitrine.

Elle jeta un coup d'œil rapide à son amie Beatrix, pour s'assurer une fois de plus de sa complicité.

Quand la jeune Marguerite était arrivée au château de Clisson, naïve et innocente, elle avait été étourdie par les propos brillants, les manières si aisées des amis du duc, en particulier Beatrix, qui faisait rire tout le monde de ses bons mots et qui montait aussi bien à cheval à la chasse qu'elle dansait avec légèreté dans les bras des jeunes gens éblouis.

La reine des réjouissances avait jeté son dévolu sur Marguerite et en avait fait son amie.

Beatrix lui apprit à s'habiller, à se mouvoir gracieusement, à ne pas rester coite devant un compliment, à danser.

– Vous êtes ma jolie poupée, mon adorable poupée, lui disait-elle en lui baisant le front.

Marguerite se sentait éperdument reconnaissante.

Quand Guillaume apparut un jour à la cour de Clisson.

Marguerite était dans sa chambre, rêvassant devant un ouvrage de broderie qu'elle avait toutes les peines du monde à finir. Un brouhaha sous ses fenêtres la fit se lever, s'approcher de la croisée.

Devant le perron, un cavalier monté sur un magnifique cheval noir lui fit un grand salut.

Le rouge aux joues, Marguerite se recula vivement.

Quelques instants plus tard, sa femme de chambre lui porta un mot : Guillaume de Morlaix, en voisin, venait saluer le maître des lieux et sa jeune épouse.

Chaque fois qu'il apparaissait, à des dîners ou autres réjouissances, Marguerite se montrait troublée, balbutiante.

Elle confia à Beatrix l'étrange timidité qu'elle ressentait en présence du jeune homme, sans remarquer les éclats de colère dans les yeux de celle-ci.

— Ce charmant jeune homme est un prédateur, ma toute belle, l'avertit Beatrix. Gare à ses coups de griffes. Il prend, il dévore, et ne laisse que les os.

Marguerite se défendait : elle n'imaginait même pas qu'un personnage aussi brillant pût jeter son regard sur elle, qui s'estimait naïve et sans charme.

Un jour qu'elle jouait avec ses chiens dans le jardin, elle découvrit Guillaume derrière un bosquet, lisant à demi allongé sur le gazon. Il se leva d'un bond, s'excusant de sa tenue négligée. Marguerite, complètement troublée par cette rencontre, se sentait devenir de plus en plus bête en marmonnant sa réponse.

— Et tu sais quoi? rapporta-t-elle

plus tard à son amie. Il m'a prise par la main, et me l'a embrassée avec une douceur incroyable, et nous nous sommes mis à bavarder comme de vieux amis. Oh! il est merveilleux, c'est mon ami, mon ami!

Elle se jetait au cou de Beatrix et la faisait tournoyer. Elle ignorait que son amie avait été rejetée par Guillaume quelques mois plus tôt et verdissait à ces propos.

Marguerite ne savait pas qu'elle était amoureuse. Elle passait tout le temps qu'elle pouvait en la compagnie de Guillaume, sans penser le moins du monde trahir la confiance de son mari.

Mais lorsque Guillaume lui avoua son amour, elle ne put se cacher plus longtemps la vérité et s'y abandonna.

Il la supplia de s'enfuir avec lui. Mais Marguerite n'osait pas braver la fureur de son mari. Partagée entre la peur d'être surprise et le désir d'être avec son amant, elle le retrouvait quand elle le pouvait dans une petite maison au fond des bois, où Guillaume l'attendait, essayant chaque fois de la persuader de partir avec lui.

Beatrix, mise dans la confidence, tâchait de distraire l'attention du duc pour que les amants puissent se rejoindre.

Mais ce soir-là, cela ne s'était pas déroulé comme ils l'avaient prévu.

Marguerite dînait auprès de son amie sans se douter de rien.

Margot sentait encore dans sa chair la meurtrissure des fers qui s'y enfonçaient, lorsque le châtiment de l'époux trahi avait été mis à exécution… Une terrible angoisse la gagnait, s'imposait à elle : elle devait empêcher l'horrible destin de Marguerite de s'accomplir…

Elle devait essayer d'éviter toute cette horreur, forte de ce qu'elle connaissait par avance.

CHAPITRE XVI

*M*ARGUERITE se pencha vers Beatrix et lui prit la main furtivement.

C'était le moment.

Beatrix approuva discrètement en lui serrant les doigts en retour. Elle devait entreprendre le duc pour détourner son attention, assez longtemps pour que Marguerite puisse rejoindre Guillaume à leur cachette secrète.

Ils ignoraient que Beatrix allait les trahir. Les hommes du duc l'attendaient sur les lieux du rendez-vous.

Margot voulait le prévenir, qu'il ne se précipite pas ainsi dans l'embuscade.

Elle tentait de capter son regard, en vain.

Ne voulant pas révéler leur complicité, Guillaume ne lui prêtait aucune attention, il riait avec ses amis de l'autre côté de la table.

Il se leva, sous un prétexte quelconque, et vida une dernière coupe en l'honneur de la maîtresse de maison. Margot lui fit des signes désespérés de la tête, pour qu'il comprenne qu'il y avait un empêchement, mais déjà il quittait la table et s'inclinait vers elle pour prendre congé.

Entouré de ses compagnons, il disparut bientôt hors de sa vue sans remarquer les regards alarmés que lui lançait Margot imprudemment.

– Eh bien ma chère, lui lança le duc, sarcastique. Laissez donc aller votre convive. Il doit sûrement rejoindre quelque rendez-vous galant qui ne nous regarde en aucune façon...

Marguerite rougit et baissa les yeux, tandis que Margot bouillait intérieurement. Et si Guillaume, au contraire d'elle, n'était pas habité par Bruno? Tout ce qu'elle pouvait tenter serait inutile.

Beatrix se leva, tenant sa robe à deux mains.

Marguerite esquissa un baiser de ses lèvres, Margot n'en pensait pas moins.

«Espèce de garce, tu es sûre de ton fait, tu attends ton heure de triomphe, hein?» injuriait-elle mentalement Beatrix qui souriait faussement, dans son joli décolleté garni de dentelles.

Beatrix s'approcha du duc pour lui effleurer l'épaule de sa main gracieuse.

– Cher Seigneur, ne nous aviez-vous pas promis une partie d'écarté après souper?

Le duc rentra dans le jeu et apostropha sa femme.

– Ma chère, voulez-vous faire une partie…?

Beatrix l'interrompit d'un air badin.

– Allons, vous savez bien que notre Marguerite n'entend rien aux cartes… Pour une fois que je peux accaparer votre attention…

Le duc fit mine de se laisser entraîner de bonne grâce dans le petit salon, laissant Marguerite en compagnie de ses autres invités.

Elle se leva aussitôt, prétextant une migraine, et se précipita dans les couloirs, espérant encore trouver Guillaume avant qu'il quitte le château.

Sur le perron, Marguerite vit son amant s'éloigner au galop, impatient de la retrouver.

Margot réfléchissait à toute vitesse. Elle n'avait qu'à rester là, rien ne prouverait que c'était elle que Guillaume attendait. Quand il arriverait à la cabane, certes les hommes de son mari l'appréhenderaient, mais après tout, ils ne pourraient rien prouver, si ce n'était que le jeune homme avait des aventures galantes. Et les soupçons du duc tomberaient à l'eau. C'était si simple.

Elle voulut rentrer, mais se sentit malgré elle entraînée vers les écuries.

«Non, pensa-t-elle, je ne vais pas le rejoindre. Il faut que Marguerite rentre, et passe la soirée auprès de son mari. Je vais rentrer et faire comme si de rien n'était. »

Mais ses pieds refusaient de lui obéir.

Elle entra sous un porche sombre, et dans l'ombre entrevit son cheval sellé qui piaffait, les rênes attachées à une poutre. Beatrix avait discrètement donné des ordres pour préparer la monture, comme toujours.

« Espèce d'idiote, puisque je te dis qu'il ne faut pas y aller », pensa vigoureusement Margot.

La main de Marguerite, tendue vers l'encolure du cheval, s'immobilisa.

— Ah ! elle réagit, quand même, constata Margot avec soulagement.

Elle pouvait l'influencer en affirmant ses désirs avec force, elle pouvait ruser avec elle. Elle essaya de nouveau.

— Tu veux rentrer, maintenant! intima-t-elle avec conviction. Tu ne veux pas aller là-bas, tu n'es pas tranquille, quelque chose te dit qu'il ne faut pas y aller.

Marguerite s'adossa au mur, chancelante, porta la main à son front. Margot sentait tous les doutes qui l'envahissaient, et la tristesse de cette jeune femme lui serra le cœur.

Une seule chose éclairait son esprit au bout d'un chemin obscur, c'était son amour pour Guillaume, tellement intense qu'il l'empêchait de raisonner.

— Si c'est ça être amoureux, ouah.

Margot admirait et critiquait en même temps. Mais c'était fort, ce truc, ça c'était sûr.

Un pas après l'autre.

Elle se concentra de toutes ses forces

sur ses jambes, leur ordonnant de faire demi-tour.

Enfin, elle les sentit remuer, et fit le chemin inverse pour revenir au château, lentement, car ses pieds pesaient des tonnes. Elle brusquait l'esprit de Marguerite dont l'instinct résistait, freinant Margot à chaque pas.

Le cœur déchiré, Marguerite cédait au doute, tout en méprisant son manque de courage.

Arrivée près de la grande salle ruisselante de lumière, Margot sentit qu'elle avait triomphé, qu'elle avait pris les rênes. Plus aucune résistance ne la contrait.

«Bien, ma chérie, tu ne le sais pas, mais tu es passée de justesse», soupira-t-elle mentalement.

Elle entra et se glissa silencieusement vers le petit salon, écarta les
rideaux de façon à contempler la scène
qui s'y déroulait.

CHAPITRE XVII

*B*EATRIX voyait avec satisfaction la fureur du duc transparaître sur son visage, tandis qu'il disposait des cartes dans sa main. Il attendait que ses sbires lui ramènent les traîtres pour qu'il les punisse d'horrible façon.

— Vous n'êtes pas au jeu, cher duc. Un souci? lança imprudemment une petite marquise aux joues poudrées.

Le duc se leva et laissa éclater sa rage, balayant les cartes de sa manche.

— Quel stupide jeu de bonnes femmes! écuma-t-il.

La petite marquise pouffait derrière son éventail, quand un regard du duc la stoppa net. Les yeux injectés, les dents serrées, il ne donnait plus du tout envie de plaisanter.

– Allons donc retrouver les autres, proposa Beatrix en prenant le duc par le bras. Du calme, très cher, vous tiendrez bientôt votre vengeance, lui glissa-t-elle dans l'oreille.

Mais le duc se dégagea brutalement. Il ne respirait plus dans cet air surchauffé, grogna-t-il. Il sortit de la pièce à grands pas.

Il veut confondre les amants, estima Beatrix en se réjouissant. Après, cela serait tellement facile de faire croire à ce vieil imbécile qu'elle l'avait toujours soutenu, et admiré, et compris. Et qui serait la prochaine duchesse de Clisson, devinez?

Margot laissa les rideaux se refermer et revint dans la grande salle. Elle se rassit tranquillement à la table, rassura ses compagnons. Elle n'avait plus du tout mal à la tête, que penseraient-ils de jouer à colin-maillard?

Beatrix entra en esquissant un pas de danse, sans pouvoir cacher son air de triomphe. Le jeu était en train, la pièce résonnait de cris et de rires.

Une jeune femme, le bandeau sur les yeux, bondit vers elle en tourbillonnant et lui mit brusquement la main à l'épaule.

– C'est... Beatrix! cria la joueuse en enlevant son bandeau. Ma chère, si chère Beatrix, ajouta Margot, les yeux fermement plantés dans ceux de l'hypocrite, qui s'agrandirent de stupéfaction.

Blêmissante, Beatrix entraîna vivement Marguerite à l'écart, sans prendre garde aux protestations des joueurs déçus par l'interruption.

— Que s'est-il passé? demanda-t-elle, furieuse. Tu m'avais demandé de distraire le duc, non?

— Oh, j'ai changé d'avis, répondit Margot d'un air dégagé.

Mais Marguerite revenait à la surface, et s'expliquait maladroitement, honteuse:

— Je... je ne sais pas ce qui s'est passé... une prémonition. J'ai eu peur, avoua-t-elle en baissant les yeux.

Beatrix ne parvenait pas à cacher sa fureur.

— Tu m'as grandement impliquée dans tes histoires sordides, je risque ma vie pour t'obliger, et toi, tu changes d'avis comme cela, sur un coup de tête!

Margot se délectait.

— Voyons, calme-toi. Le risque a disparu, tu devrais plutôt t'en réjouir...

Beatrix sembla se souvenir brusquement de quelque chose et se rasséréna aussitôt.

— Tu as raison, ma chérie... C'est simplement que... tout cela m'a rendue un peu nerveuse... Si nous allions rejoindre les autres à présent?

Marguerite se laissa entraîner par son amie, tandis que Margot, perplexe, ne s'expliquait pas ce brusque changement d'humeur.

Au moment d'entrer dans la salle où résonnaient des cris et des rires, Beatrix se tourna brusquement vers elle, lui prenant la main, l'expression soucieuse.

— Dis-moi, tu n'as rien laissé de compromettant sur place, j'espère ?

CHAPITRE XVIII

*M*ARGOT s'alarma. Qu'est-ce que cette garce avait encore manigancé?

– Non… je ne vois pas… je suis sûre que non…

Beatrix explosa d'une joie agressive.

– Et que dira ton mari quand il trouvera tes peignes d'argent dans la couche de votre «nid d'amour»? ricana-t-elle en laissant Marguerite suffoquer sur place.

Marguerite agrippa le poignet de Beatrix, qui se dégagea d'un geste brusque, un sourire méchant sur les lèvres.

Margot avait oublié les peignes. Dans son souvenir, le duc découvrait les amants, et c'en était fait d'eux, point. Pourquoi Beatrix aurait-elle placé des preuves compromettantes ? Elle n'en avait pas besoin ! Elle s'entendit poser la question à haute voix. C'était au tour de Beatrix de se réjouir.

– Au cas où, ma chérie, au cas où justement tu aurais changé d'avis, dans ta jolie petite tête de bécasse ! Qu'est-ce que tu croyais ? Que je t'aidais à faire toutes tes petites manigances minables pour tes beaux yeux ?

Marguerite était bouleversée.

– Mais… je croyais que tu étais mon amie…, balbutiait-elle, les larmes aux yeux.

Margot paniquait. Il fallait qu'elle reprenne ses esprits. Cette vipère allait gagner, finalement, contre cette petite Marguerite innocente et trop gentille pour imaginer les autres capables d'une quelconque méchanceté.

Mais c'était trop tard. Un tumulte venant de l'entrée se faisait entendre. Des bruits de bottes et d'éperons se rapprochaient. La porte s'ouvrit en grand et le duc surgit, la face congestionnée, suivi de près par ses hommes, et enfin Guillaume apparut, tête basse, la mine contrite.

Margot sentit une grande faiblesse l'envahir. Elle avait échoué.

CHAPITRE XIX

— *Vous* êtes fière de votre imagina-
tion, madame ?

Dans sa confusion, elle ne se rendit
pas tout de suite compte que le duc
s'adressait à Beatrix, d'une voix trem-
blante de fureur, en lui brandissant des
boucles d'oreilles sous le nez.

Guillaume s'avançait, l'air désolé,
vers Beatrix.

— Pardonnez-moi, j'ai dû dévoiler
au duc notre ancienne liaison... Jamais
je n'aurais trahi cette intimité si notre

hôte n'avait cru que je trompais son amitié avec sa propre femme...

Il ajouta en regardant Margot du coin de l'œil :

— Des peignes lui appartenant en auraient été la preuve... Oh, Beatrix, vous ne m'avez donc toujours pas pardonné de m'être éloigné de vous ? Étiez-vous obligée d'inventer cette infamie ?

Margot assistait à la scène sans en croire ses oreilles.

Guillaume savait-il donc... ? Ou plutôt Bruno... ? Comment s'était-il débrouillé pour changer les peignes en boucles d'oreilles ?

Elle reprit ses esprits, le duc lui parlait.

— Oh, madame, me pardonnerez-vous jamais ?

Marguerite, magnanime, lui tendit la main pour toute réponse. Le duc, heureux de s'être fait pardonner, se retourna vers Beatrix, toute sa colère se reportant sur elle.

– Quant à vous, madame…!

Il se tourna vers Marguerite, un sourire cruel sur le visage.

– Mais après tout, ma douce, c'est plutôt vous que l'on a trahie… Quel sort voulez-vous que l'on réserve à votre douce et chère «amie»?

Beatrix, convulsée de fureur, tentait de se dégager des sbires aux mines inquiétantes qui la tenaient fermement.

Guillaume, en retrait, ne laissait rien paraître de ses pensées. Un tourbillon de sentiments contradictoires faisait vaciller Margot. Elle sentait monter en elle une rage terrible contre cette femme, qui avait trahi la foi de son amie.

Elle avait en tête des visions de bûchers, d'écartèlement, de tonneaux cloutés dévalant la colline, de Marguerite et Guillaume se tordant de douleur sous la torture... C'était ce que cette femme s'apprêtait à leur laisser subir, pensa-t-elle.

Elle reprit ses esprits et prit la parole, la voix enrouée par l'émotion.

– Seigneur, je voudrais penser à cela l'âme reposée. Tout cela fut si brutal...

– Emmenez-la dans la tour, ordonna le duc aux hommes qui maintenaient Beatrix.

Entraînée hors de la pièce, celle-ci se retourna en criant.

— Vous ne voyez pas que ces deux-là vous manipulent! Ils se rient de vous, mon pauvre ami, et vous vous prêtez complaisamment à leur jeu infâme…

Sa voix diminua derrière les lourdes tentures, un silence inquiétant prit place. Le duc sortit de sa torpeur.

Il déclara la soirée terminée, tout le monde se retira, en se faisant les adieux d'usage.

Tremblant de laisser voir son anxiété, Marguerite fit la révérence à Guillaume et se dirigea vers la chambre conjugale, escortée de son époux.

CHAPITRE XX

Assise devant sa coiffeuse, elle retira un à un les bijoux dont son mari la couvrait obligeamment, et les déposa dans une cassette comme chaque soir, obéissant au rituel immuable qu'il avait institué.

Dans le miroir, Marguerite le vit disparaître derrière un paravent, pour ressortir ensuite vêtu d'une longue chemise de nuit, coiffé d'un bonnet, l'air grave.

Margot avait terriblement envie de rire, en même temps qu'elle sentait la panique monter en elle.

Elle était censée faire quoi, maintenant ?

— Chère belle…, commença le duc, en esquissant un geste vers son épaule.

Margot tressaillit et se recula comme si un serpent l'avait attaquée, les yeux exorbités.

Le duc la regardait d'un air soupçonneux. Après tout, elle était censée être habituée à dormir avec lui, à recevoir ses caresses…

«Oh là ! là ! reprends-toi, ma fille, reprends-toi», s'exhorta intérieurement Margot.

Il fallait gagner du temps. Mais apparemment, Marguerite s'accordait pour cette fois avec elle. Elle porta la main à son front et, la voix languissante, prétexta une terrible migraine. Toutes ces émotions… trop fortes pour elle…

Cela marchait, apparemment. Il reçut le message, grogna, de mauvaise humeur, et entra dans le lit sans insister, à l'immense soulagement de Margot.

— Qu'est-ce que je suis censée faire, là?

Elle était à court d'idées. Et si elle laissait les rênes à Marguerite, maintenant? Après tout, elle l'avait sortie d'un sacré mauvais pas... Oui, mais l'autre ne pouvait pas le savoir... Elle ne pouvait pas savoir que Margot lui avait évité la mort, elle avait simplement changé de destinée, comme on change de route, sans jamais savoir ce qui se serait passé sur l'autre chemin.

Margot réalisait qu'elle ne savait plus rien de l'avenir de Marguerite, qui était maintenant en train de se forger dans le présent, elle n avait plus de rôle à jouer, elle pouvait se retirer de la scène.

Elle sentait son esprit s'engourdir, laisser la place à celui de Marguerite.

«Il faut que je rentre chez moi, il faut que je me réveille…», pensait-elle, de plus en plus vaseuse.

Mais c'était en vain.

Elle ne pouvait qu'assister, impuissante, aux actions de Marguerite.

Marguerite se lève, se dirige vers le lit, se penche au-dessus de son époux, qui respire régulièrement. Un léger ronflement lui prouve qu'il dort profondément. Elle se déplace sans bruit, s'assoit à un petit bureau, s'empare d'une plume d'oie, qu'elle trempe dans l'encrier de verre posé devant elle, et commence de sa belle écriture à former les lettres.

Margot n'est pas assez présente pour en saisir le sens, les images sont de plus en plus floues...

Marguerite quitte la table et s'approche de la porte qui s'ouvre doucement... l'escalier, qui tourne, tourne... puis le corridor..., sombre..., le froid sous ses pieds nus... Elle court le long des couloirs déserts, effleurant les dalles en silence. Une autre porte... la cheminée qui rougeoie... la main qui tâte à l'aveugle au-dessus du manteau de bois, qui fouille, touche du métal, un anneau. Qui tire sur l'anneau... Le bras qui se tend dans la cheminée, au-dessus des tisons... C'est chaud, ça brûle...

Margot sentit soudain un cri, un immense cri qui enflait dans sa poi-

trine, venant du plus profond d'elle-
même.

Elle se réveilla en hurlant.

CHAPITRE XXI

— *Margot!* Margot? ça va?

Complètement hébétée, se frottant le bras, Margot regarda autour d'elle.

— Qu'est-ce que c'est... commença-t-elle.

Des visages l'entouraient, certains inquiets, d'autres rieurs.

— Le bébé a fait un cauchemar, on dirait, lança une voix moqueuse, tout près d'elle.

— Fichez-lui la paix, vous voyez pas qu'elle s'est brûlée! ça te fait mal?

Bruno se penchait sur elle, alarmé.

Margot s'assit, encore abrutie.

Elle était dans le camp, en plein air, c'était le soir.

Devant elle, un feu finissait de se consumer.

Une dizaine de garçons et de filles se tenaient autour des braises encore rougeoyantes, certains à demi allongés, d'autres assis, buvant ou piochant dans des assiettes en carton : la fin d'un pique-nique.

Une fille qui tenait une guitare se mit à brailler :

— Bon, on va pas faire toute la soirée dessus ! Elle a piqué un roupillon, c'est pas un drame !

— Montre-moi ça…

Margot se retourna vers la personne

qui avait parlé, et qui lui examinait le bras d'autorité.

— Amina?

— Ben ouais, c'est moi, qui tu veux que ça soit? On dirait que ça va, c'est juste un peu rougi. Allez, on va se coucher. T'es sûre que ça te fait pas mal?

Margot se leva péniblement, à demi soutenue par Amina. Elle avait du mal à réintégrer la réalité.

— Tu sais, j'ai fait un rêve... C'était dingue...

Elles avaient regagné les tentes qui leur servaient de dortoir. Amina l'aida tant bien que mal à enlever ses chaussures, et Margot se glissa dans son sac de couchage.

— Ouais, c'est ça, tu me raconteras demain... T'as qu'à dormir tout habillée. Dis donc, le cri que t'as poussé...!

Elles se mirent à rire toutes les deux, et Margot s'enfonça douillettement dans son duvet.

— Mmm… Je suis bien, soupira-t-elle avec bonheur avant de sombrer dans le sommeil.

Elle fut réveillée par le bruit d'allées et venues autour de la tente.

Elle se glissa hors de son lit, prit des vêtements de rechange, et sortit.

La grande table du petit-déjeuner était déjà dressée, la moitié des enfants assis, les moniteurs allaient et venaient, dans les rires et les interpellations.

— Allez, Margot, dépêche-toi de prendre ta douche, il y a excursion, ce matin, t'as oublié ?

Margot se hâta d'obéir.

Devant les douches, elle croisa

Bruno, qui lui prit la main et lui chuchota :

— Ça va, ton bras ?

Margot acquiesça, et le suivit des yeux. Tandis qu'il rejoignait les autres, elle ne put s'empêcher de lui faire un petit signe, auquel il répondit timidement.

En préparant ses affaires, elle glissait son carnet dans son sac à dos, quand elle remarqua le dessin qui était apparent, sur la page retournée : l'esquisse d'un château en ruines, au milieu d'une forêt.

Elle se prit à rire toute seule.

— Bon, O.K., je comprends tout, maintenant.

La veille, Vincent leur avait montré un livre sur le château de Clisson. Elle avait eu envie d'en copier les photos sur son carnet.

Le destin de la famille qui avait occupé le domaine avait l'air assez compliqué, et, faute d'héritiers, il était tombé en ruine, vandalisé au fil des ans.

Tous les éléments étaient là, expliquant le rêve délirant qu'elle avait fait la nuit.

Ils allaient visiter le château ce matin.

Chapitre XXII

— *Attention* les enfants, les planchers ne sont pas solides! cria Vincent, un peu débordé.

Tout le monde errait dans les ruines, par groupes désorganisés, criant et riant, sautant à pieds joints sur les carrelages défoncés.

Margot ne put s'empêcher de poser une question qui lui brûlait la langue.

— C'est vrai qu'on va le démolir?

Vincent était perplexe.

— Ben non… Pourquoi tu crois ça?
Eh! Anyssa! Il faut pas monter! c'est
complètement déglingué, là-haut!

— O.K., on a compris… Venez voir
la terrasse! c'est trop classe!

Dans un même mouvement, ils
obéirent tous à cette voix, celle qui
leur faisait toujours faire ce qu'elle
voulait.

Margot seule était restée à l'inté-
rieur, sans se laisser impressionner.

Anyssa réapparut à la porte, l'air
bravache:

— Alors? Tu traînes encore? T'attends quoi?

Margot la toisa tranquillement.

— Tu m'oublies, O.K.? Va retrouver
ta cour, j'en fais pas partie.

Anyssa eut un hoquet de surprise.
Elle allait répliquer, furieuse, quand

soudain, elle éclata d'un rire faux en pointant son doigt derrière Margot.

— Ah ouais! Je comprends! c'est vrai que ça vous va bien d'être ensemble, les deux pots de colle!

Vexée de n'obtenir aucune réaction, elle s'empressa de disparaître, criant à tue-tête :

— Eh, les mecs! vous savez pas…

Sa voix se perdit dans les rires, de plus en plus lointains.

Quand le silence fut enfin revenu, Margot se retourna lentement.

Appuyé contre l'embrasure, Bruno était à la porte, un petit sourire aux lèvres.

— Tu vas pas avec les autres?

— Non, je l'ai vue, la terrasse, tout à l'heure. C'est vrai que c'est beau, hein?

Bruno se rapprocha, et parcourut du regard la haute salle maintenant désertée.

– Quand on pense à tout ce qui s'est passé là! soupira-t-il.

Margot réagit vivement.

– Qu'est-ce que tu veux dire?

Le garçon haussa les épaules.

– Ben, j'sais pas moi, les batailles, les histoires d'amour… tout ça…

Margot l'examinait d'un air soupçonneux.

– Pourquoi tu me regardes comme ça? J'ai dit une connerie?

Elle se reprit.

– Non, non, seulement…

– Seulement quoi?

Elle baissa la tête, cherchant ses mots.

– C'est parce que… ça va te paraître con…

— Non, non, dis-moi.

Il s'était approché d'elle et, d'un geste doux, écarta une mèche du visage de Margot.

Elle tressaillit.

Il se recula, confus.

— Euh... Excuse-moi...

La tête baissée, il se risqua.

— Ça t'a embêtée, ce qu'elle disait, Anyssa, tout à l'heure ?

Margot, au lieu de le rembarrer, haussa les épaules.

— Cette idiote ? Qu'est-ce que tu veux que ça me fasse ?

Elle lui prit doucement la main et l'amena devant la cheminée.

— Ça serait bien, si on pouvait faire du feu, non ?...

Dans les rayons du soleil, les deux petites silhouettes, perdues dans la

grande pièce silencieuse, se rapprochèrent doucement.

— C'était quoi, ce que tu voulais me
dire? murmura Bruno.

C'était au tour de Margot d'hésiter.

— Oh, c'est idiot... mais j'ai fait un
rêve, tu sais, avant de me réveiller près
du feu, hier soir... on s'était perdus,
puis on était sauvés. Après, je me
voyais, grande, j'avais dix-huit ans, tu
vois... et je revenais pour essayer de te
retrouver, et t'étais là, et...

— Et quoi? demanda Bruno, très
attentif.

Margot s'était appuyée contre la
cheminée et lissait de la main le marbre
poli par les ans.

— Et...

Margot poussa un cri. Sous sa main,
au-dessus du manteau de pierre, elle

avait senti un relief, comme un anneau...

Bruno la regardait maintenant avec intensité.

— Tu sens un truc?

— Ouais..., chuchota Margot dans un souffle.

Au fond de la cheminée, les pierres autrefois cachées par une plaque de fonte qui avait disparu depuis longtemps, pivotaient doucement, laissant apparaître une cache dans le creux sombre...

— C'était pas un rêve, murmura Bruno d'une voix rauque.

Chapitre XXIII

*D*ES années plus tard, main dans la main, Margot et Bruno se promenaient dans le beau jardin, parmi les buissons fleuris.

Lorsqu'ils avaient enfin ouvert la cassette, outre les magnifiques bijoux qu'elle recelait, s'y trouvait un titre de propriété qui faisait de Margot l'héritière du domaine de Clisson.

Cette révélation avait ahuri la mère de Margot, qui ne se savait pas des ancêtres aussi illustres.

Mais elle avait fini par accepter l'improbable. Tout en regardant sa fille avec perplexité, elle se réjouit avec elle de cet incroyable événement.

Margot n'avait pu se résoudre à lui raconter ce qu'elle avait vécu.

— T'imagines, disait-elle encore à Bruno, si en plus je lui avais montré la lettre ?

Sur un rouleau de parchemin, dissimulé au fond de la cassette, Marguerite avait tracé ces mots de sa belle écriture ronde :

« Chère Margot,

N'ayez crainte, je sens votre cœur battre, et s'affoler.

Voyez comme je vous connais bien, ma douce amie.

Vous apprenez à présent qu'aucune de vos pensées ne m'est inconnue.

Lorsque vous m'avez sauvée, cette nuit, j'ai entendu une voix qui m'ordonnait d'obéir à votre volonté. Je l'ai crue, aussi étonnant que soit paru ce merveilleux sortilège.

J'ai appris par le même truchement extraordinaire qui vous étiez, et que vous étiez là pour nous sauver.

Je suis vivante, et c'est à vous que je le dois.

Pour l'instant, ce qui m'importe, c'est de vous prouver ma gratitude infinie. Je veux que vous observiez mes gestes, que vous les graviez dans votre mémoire.

Vous avez changé le cours de ma destinée, ainsi je le fais du vôtre, si vous l'acceptez.

J'ai décidé de rejoindre Guillaume, quelles qu'en soient les conséquences, je vais m'assurer auprès de cette chère Beatrix